Gisela Hübener

Kommste übern Hund, kommste übern Schwanz

Leben mit Humor trotz Hartz IV

www.tredition.de

© 2013 Gisela Hübener

Autor: Gisela Hübener
Umschlaggestaltung: Corinna Podlech, Hamburg
Bildrecht/Coverfoto: © javier brosch – Fotolia.com

Verlag: tredition GmbH, Hamburg
ISBN: 978-3-8491-8372-1
Printed in Germany

Schon wieder eine Moorleiche rausgefischt. Es ist einfach schrecklich! Gestern hatte ich bereits schon zwei von diesen Plagegeistern in meinem Briefkasten gefunden und nun ist heute wieder eine dazugekommen.

Es werden immer mehr und manchmal frage ich mich, wie ich das alles noch aushalten soll. Ich weiß, dass ich knapp bei Kasse bin und arbeite schon wie ein Pferd, jedoch habe ich das Gefühl, dass sich meine Rechnungen wie die Karnickel vermehren. Ich sage immer, sie bekommen Kinder, gut o.k., aber diese Moorleichen, die frech mit einem Blups wieder hochsteigen, das sind die Schlimmsten. Liegen da und melden sich nicht, um dann auf einmal nach Monaten sich auf die unangenehmste Art und Weise mal wieder bemerkbar zu machen.

Ja, so ist das. Leicht ist es nicht. Wer selbständig ist, der arbeitet selbst und ständig – ist übrigens von mir. Seit einigen Jahren arbeite ich mit viel Freude in meinem Beruf als freiberufliche Pharmaberaterin und bilde mir ein, auch nicht schlecht zu verdienen. Finanzkrise hin, Finanzkrise her, das Geld ist immer knapp.

Nun denn ...

Nun aber zurück zu meinen Sorgenkindern, oder auch Überweisungsformulare bzw. Zahlscheine genannt. In meinem Sekretär herrscht eigentlich jeden Tag so eine Art von Getuschel, Schimpfen, Lästern oder blödes Lachen. Ein ganzer Haufen unerzogener kleiner Papierzettel mit Buchstaben und Ziffern drauf. Jedes Sorgenkind trägt eine andere Zahl auf dem Buckel und je nachdem, welcher die höhere oder niedrigere Summe aufweisen kann, ist der Stärkere oder eben das Gegenteil. Da ist was los. Manchmal muss ich einige davon auch in meiner Handtasche mitnehmen, um sie so schnell wie möglich zur Vernichtungsanlage, sprich Bank, zu bringen. Oft ist es so, dass ich sie gar nicht mehr herausbekomme, da sie sich dort dermaßen festbeißen und sich anfangen, in dieser schönen weichen und gemütlichen Tasche geborgen zu fühlen. Die wollen gar nicht! Aber ich muss! Die müssen weg. Besonders die vom lieben Finanzamt, die sind besonders taff und frech.

Neulich hat mich so eine ganz keck angeguckt und mir zu verstehen gegeben, dass sie überhaupt nicht daran denke, der Bank zum Fraße vorgeworfen zu werden. Es ist ja nicht nur die Tatsache, dass diese Brüder sich in meiner Tasche gerne aalen, nein, sie verbreiten auch noch solch einen Gestank, dass meine Tasche anfängt zu qualmen – und das heißt ja schon was. Schweißfüße sind nichts dagegen! Keine Sorge, ich habe keine. Wäre ja auch peinlich, wenn ich aus Erfahrung sprechen würde, oder? Umsonst habe ich diese leidigen Papiere nicht als Stinkbomben bezeichnet. Also Überweisungsformulare und Zahlscheine heißen bei mir nur noch Stinkbomben!

Vor einigen Wochen stritt sich ein Überweisungsformular an die Barmer Ersatzkasse, ihr Spitzname ist Barmerlein, mit einem Einzahlungsbeleg an den Sportverein, alias Sporti. Na, das war was! Barmerlein gegen Sporti! Barmerlein strunzte mit einem hohen Betrag von 700 Euro. Sporti hatte nur 30 Euro zu bieten und fühlte sich von Barmerlein angegriffen. Ja, wie im Kindergarten!

Heute Nachmittag kam ich aus der Stadt und wollte meine Post aus dem Briefkasten rausholen. Schon im Treppenhaus kam mir ein starker beißender und sehr unangenehmer Geruch entgegen. Widerlich! Verwesungsgeruch!

Als ich dann schließlich das Postfach geöffnet hatte, fiel mir auch gleich schon eine vermoderte und bestialisch stinkende Moorleiche entgegen. Oh, nein. Die war ja schon richtig verfault; es handelte sich um eine Mahnung vom Finanzamt.

Der Sachverhalt war der, dass eine bei meiner Bank abgegebene Überweisung an das Finanzamt nicht bedient worden ist. Ich hatte aber weder eine Rücklastschrift noch eine Eingangbestätigung erhalten von der Bank. So entstehen die Moorleichen: das sind alte Beträge, die aus früherer Zeit noch offen sind, worüber ich keine Benachrichtigung erhalten habe. Diese dümpeln vor sich hin und verschwinden erst mal von der Bildfläche und tauchen plötzlich, wenn man schon gar nicht mehr daran denkt, wieder auf, und zwar als Mahnung, oder gar Androhung eines Vollstreckungsbescheides.

Also, die Moorleiche, die ich heute gefunden habe, hatte ich dann in meinen Einkaufsbeutel getan und mit in die Wohnung genommen. Mein erster Weg ging ins Bad, wo ich mir kurzer Hand die Sagrotanflasche grapschte und gesprüht habe. Was meinen Sie, was ich mit dem versifften Einkaufsbeutel gemacht habe, ja natürlich sofort entsorgt. Der Verwesungsgeruch breitete sich schnell in meiner schönen Wohnung aus und allmählich bekam ich so ein ungutes Gefühl in der Magengegend. Was aber nicht alles sein sollte:

Die Nachbarn bekamen den fürchterlichen Gestank mit und haben bereits die Polizei informiert, weil sie annahmen, in meiner Wohnung befände sich eine Leiche. War ja auch so, aber eben keine herkömmliche Leiche. Ich hatte hier Chaos hoch drei. Die Polizei, die Feuerwehr und der Notarzt kamen. Alles halb so schlimm, es handelt sich lediglich um eine Mahnung vom Finanzamt! Na, Sie hätten mal die Reaktion der Hilfskräfte sehen sollen. Die dachten, ich wolle sie verarschen. Im Hintergrund hörte ich die Moorleiche schäbig lachen. Miststück!

Inzwischen haben sich ein Zahlschein von der Honda-Bank und eine Mahnung von der Autoversicherung ineinander verliebt. Ja, so was gibt es auch hin und wieder mal. Beide sind glücklich und genießen den Frühling.

Wenn das jetzt so weitergeht mit diesen Stinkmöpsen, dann wünsche ich mir zu Weihnachten eine Gasmaske. Ehrlich, das ist kein Witz. Es gibt eine Menge Auswahl. Ich würde eine schöne Rote nehmen mit einem langen Rüssel. Schick sein auch hier!

Eben quietschte etwas in meinem Schreibtisch, genauer gesagt in meinem Sekretär. Das ist mein Sparschwein, dachte ich mir sofort, und jawohl, ich hatte recht. Es war mein Sparschwein. Das arme Ding, völlig unterernährt und mager. Hat lange nicht Gutes mehr gesehen.

Heute am 1. April habe ich vier weitere Stinkbomben entschärfen können und darüber bin ich heilfroh. Es handelte sich um kleine Quälgeister, die am frühen Morgen bereits schon gejault hatten, sie wollten endlich raus. Ja, das gibt es auch. Manche haben einen solchen Freiheitsdrang, dass es sie kaum noch bei mir hält. Besonders eilig hatte es am heutigen Tage ein dickes Knöllchen .Schon seit langem litt es unter Angstzuständen und Panik. Die anderen drei Kumpel hatten sie aber dann so lieb getröstet, dass sie allmählich wieder Mut gefasst und sich schließlich beruhigt hatte.

Letztlich halten sie alle zusammen. Keiner lässt den anderen hängen. Streit gibt es immer mal, so wie in jeder Familie, aber am Ende ist Blut eben dicker als Wasser.

Ich hatte gerade mit meinem Bruder telefoniert, das hörte ich plötzlich ein leises Stöhnen aus meinem Sekretär. Oh, das hörte sich gar nicht gut an. Irgendwie erbärmlich, hilflos und traurig.

Was sah ich, der schon von mir ausgefüllte Zahlschein für die Monatsmiete März lag da, über meinem Briefpapier und schluchzte erbärmlich. Die Tränchen kullerten überall hin, auf meine Akten und Briefe. Er tat mir so leid und ich versuchte ihn dann zu trösten, indem ich ihm versprach, ihn so schnell wie möglich an sein Ziel zu bringen.

Gestern Abend habe ich mal wieder so richtig schön entspannt, indem ich das herrliche Wetter auf dem Balkon genossen und genüsslich den Bonner Generalanzeiger gelesen habe. Anschließend gab es ein schönes Fernsehprogramm mit viel Musik. Während ich dabei so richtig anfing, gute Laune zu spüren, hörte ich auf einmal die fürchterlich stinkende Moorleiche – das von mir betitelte Miststück – laut gähnen, und auf einmal, haste nicht gesehen, fordert mich dieses Ungeheuer auch noch zum Tanzen auf! Haste Töne! Ich war so perplex und regelrecht geschockt, jetzt mit dem Kerl auch noch tanzen zu müssen. Das Finanzamt liegt mir sehr im Magen und ich muss nun endlich eine Lösung finden, wie ich das bezahlen soll, und nun kommt diese alte Moorleiche und fordert mich zum Tanze! Ich kann nicht mehr. Dann auf einmal meldete sich der Überweisungsbeleg an die Krankenkasse und will mit mir ein Potpourri ausprobieren. Ehe ich hier noch verrückt werde, dachte ich mir – gut o.k., ich lasse mich überreden. Der Überweisungsbeleg fackelte nicht lange und ergriff mich und die alte Moorleiche und schon drehten wir uns alle im Takt. Wir tanzten ausgelassen und auf einmal schlug die Moorleiche vor, wir sollten doch mal Volkstanz ausprobieren, das mache doch noch mehr Spaß. Gesagt getan, wir tanzten Volkstanz und gut war. Die Moorleiche trieb es am dollsten! Sie ließ sich gar nicht mehr bändigen und sang dauernd von schönen Finanzamt und wie man dort tolle Gerichtsvollzieher kennenlernt, ja und die Vollstreckungsbeamten, die seien ja soooo cool, usw.

Schwachsinn, ich hatte bald die Nase voll und steckte die immer noch ziemlich stinkende Moorleiche in meinen Sekretär. Möge sie dort verschimmeln. Aber ich fürchte, ich muss sie noch ein paar Mal anfassen, um sie dann endlich an ihren Bestimmungsort zu bringen. Die regt mich nämlich allmählich auf!

Morgen ist Montag und ich hoffe, dass ich in Sachen Geld wieder einiges erreichen kann. Das ist nicht mehr lustig und ich bin mit meinen Nerven auch ziemlich am Ende. Wenn da nicht die schönen Ablenkungen wären, vonseiten meiner Familie und meinen Freunden. Nicht zu vergessen mein Beruf, der mir viel Erfüllung und Freude bringt. Aber ich möchte nun endlich wieder einmal einen Silberstreif am Horizont erblicken können und ich hoffe ja immer noch, dass ich einen Kredit von irgendeiner Bank bekommen kann.

Da gibt es auch die dollsten Sachen. Was habe ich nicht schon alles versucht, und nicht zuletzt erlebt! Da war mal ein Kreditberater von einer, wie sich im Nachhinein herausstellte, dubiosen Firma, der hatte kaum Zähne im Maul, und die, die er noch hatte, ähnelten eher einem alten Ersatzteillager, so gerade noch für den Flohmarkt diskutabel. Außerdem stank der gute Mann wie ein Iltis und seine Klamotten spotteten jeder Beschreibung. Last but not least, sobald er den Mund aufmachte, nur Lügen, Lügen, Lügen und Mundgeruch vom Feinsten. Nun denn.

Neulich stand ich bei Aldi an der Kasse und wollte bezahlen. Ja, das hatte ich jedenfalls vor. Leider reichten die paar Kröten, die ich zusammenkratzen musste, nicht aus und es blieb mir nicht anderes mehr übrig, als einige Sachen wieder zurückzulegen. Hinzu kam auch noch, dass mir ein Kanonenschlag entwich und ich mich daraufhin mit hochrotem Kopfe aus dem Laden stahl, mit der Angst, da könnte noch so ein Halunke in meinem Rohr sitzen – nichts wie weg.

Am nächsten Morgen las ich in der Zeitung, dass bei meinem Aldi, aufgrund von schwerster Detonation die Fensterscheiben zersprungen waren und mehrere Kunden mit einer Gasvergiftung ins Krankenhaus eingeliefert werden mussten. Meine Güte, auch das noch!

Ich sage Ihnen was, haste kein Geld, biste ein armes Schwein!

Meine liebe Mutter sagte immer: „Kommste übern Hund, kommste übern Schwanz". Da ist was Wahres dran. Erst mal das eine, das andere schaffen wir auch noch.

Man darf sich nicht unterkriegen lassen. Nie aufgeben, denn – die Hoffnung stirbt zuletzt. Und da ist auch noch jemand, der ein Wörtchen mitzureden hat – GOTT.

Jawohl, Gott. Der wird nur leider immer wieder leicht vergessen und das ist nicht gut.

Heute habe ich wieder meinen ganzen Mut zusammengenommen und habe die schreckliche Moorleiche mitgenommen, um sie nun endlich loszuwerden. Es sollte nicht sein, der Geldautomat hatte nicht genug Geld ausgespuckt und somit blieb die Moorleiche wieder mal wie Pattex an mir kleben. Ich werde sie einfach nicht los. Was mache ich nur? Inzwischen sitzt mir die Angst im Nacken und ich befürchte, dass die böse Moorleiche, ich habe sie jetzt Finanzaas getauft, mir noch erhebliche Schwierigkeiten bereiten wird. Nun sitzt dieses freche Stück wieder grinsend in meinem Sekretär und fängt an sich zu brüsten, wie toll sie sich mal wieder behauptet habe, bei mir zu bleiben. Die will einfach nicht von mir weichen. Aber ich kann sie nicht mehr lange ertragen, denn allmählich verliere ich die Geduld.

Eben gerade, ich hatte just das Abendessen vorbereitet, das fängt sie an zu lachen und zu blöken „äääätsch". Biest! Ich weiß aber, irgendwann werde ich ihr schon beikommen, kommt Zeit kommt Rat.

Mittlerweile konnte ich gestern wenigstens den Zahlschein für die Märzmiete an die richtige Stelle befördern. Der arme Kerl! Hatte er doch so geweint. Als ich ihn gestern dann mitgenommen hatte, vernahm ich ein Strahlen auf seinem Gesichtchen und das machte mich richtig froh. Die sind wie die Kinder. Ich bin hier Mutter im Fulltimejob. Nun habe ich den strammen Zahlschein von der Barmer Ersatzkasse und eben noch das Finanzaas …

Der Barmerschein mit seinen 700 Euro fühlt sich dick und rund, er führt sich als Macho auf und glaubt, hier das Sagen zu haben. Aber ohne mich! Der plustert sich unheimlich auf und kommt sich wahnsinnig wichtig vor. Aber da ist ja noch meine vielgeliebte alte Moorleiche …

So, heute, einen Tag vor Gründonnerstag, ist es mir gelungen, den vorlauten Barmerschein an seinen Adressaten zu befördern. Endlich ist der weg! War das ein Angeber!

Nun ratet mal wer wieder an mir kleben blieb? Ja, richtig, die Moorleiche vom Finanzamt …

Und nicht nur das, sie ist jetzt auch noch schwanger!! Ich habe bald keine Worte mehr. Am 10. Mai wird sie Nachwuchs bekommen in Form einer weiteren Forderung vom Finanzamt, nämlich die Umsatzsteuervorauszahlung für das 2. Quartal 2011. Sie freut sich natürlich riesig, meine Freude dagegen ist mehr als gedämpft.

Gestern noch, als ich gerade aus dem Kirchenchor gekommen bin, hat sie ganz frech noch die Zunge rausgestreckt!

Meine diversen Versuche, an einen einigermaßen günstigen Kredit heranzukommen, sind bisher alle leider gescheitert und ich hoffe, dass das eine Eisen, welches ich noch im Feuer habe, endlich klappt.

Überall wird die so genannte *Schufa* abgefragt, auch wenn diese längst erledigt ist, der Eintrag wird erst nach 3 Jahren endgültig gelöscht. So ist man quasi für drei Jahre stigmatisiert und keine Bank kann oder will dann auch keinem mehr weiterhelfen.

Langsam nähert sich das Osterfest und ich muss sagen, dass ich bis vor ein, zwei Tagen aufgrund von Arbeit und Stress wenig daran gedacht habe Das ist an sich nicht gut, denn das Osterfest hat eine immense Bedeutung. Man muss innerlich dazu bereit sein, und vor allem unsere Herzen brauchen dafür eine ruhige und harmonische Offenheit, dieses Wunder, und es ist ein Wunder, gebührend auch aufnehmen zu können.

Meine Gebete, ich bete jeden Abend vor dem Schlafengehen, entspannen mich schon und ich fühle dabei auch die liebende Nähe unseres Schöpfers. Gott nimmt uns so an, wie wir sind, er guckt nicht auf unsere Schwächen, Fehltritte oder gar Schufa-Einträge. Bei Ihm hat man immer einen „Kredit". Und zwar bis zum Lebensende. Dies finden wir an mehreren Stellen in der Bibel. Um nur ein Beispiel zu nennen „Sehet die Vögel, sie sähen nicht, sie ernten nicht und der Herr ernähret sie doch".

Es sind einige Tage vergangen, ich habe länger nicht mehr geschrieben. Ich weiß auch nicht warum, aber es gab mal wieder so viel zu erledigen und ich habe es einfach nicht mehr geschafft, zu schreiben.

Dabei hat sich in den letzten Wochen einiges getan, ausnahmsweise mal Gutes! Die Moorleiche ist weg!!!!! Ja, sie ist weg. Ich habe sie entsorgen können, das war ein Akt, meine Güte. Eines Morgens habe ich sie einfach mitgenommen zur Sparkasse und dort fand sie dann endlich ihren Weg. Seitdem haben sich die elenden Gerüche in meiner Wohnung und diversen Aufbewahrungsorten gelegt und ich kann wieder frei atmen. Mittlerweile hat sich ein kleines Clübchen gebildet, die Rogallis. das sind an sich liebe kleinere Forderungen, die sich jetzt erst einmal in ihr Schneckenhaus zurückgezogen haben und nun auch brav darauf warten, bedient zu werden. Sie sind unauffällig, singen manchmal ein bisschen oder schmusen miteinander. Sehr niedlich anzusehen.

Nun denn …

Heute, am Samstag, war ich bei meiner Schneiderin und hatte dann entschieden, mal wieder so richtig abzuhängen, als plötzlich ein lautes Rülpsen aus meinem Büro ertönte. Donnerknispel! Das kann ja wohl nicht wahr sein. Das Überweisungsformular für die Mietnachzahlung 2010 wollte sich bemerkbar machen und hatte sich nicht besseres, originelles ausdenken können, als diese unanständige Art und Weise. Nein, ich habe dich nicht vergessen, sagte ich ihr, du kommst auch noch dran. Bitte, aber warte bis zum richtigen Zeitpunkt. Sie guckte zwar vergatzt, aber hatte es dann kapiert, und vor allem darf sie nicht rülpsen! Pfui!

Nun liegen zwar noch einige Stänkerchen bei mir, aber die habe ich mir gut erzogen – bei dem Finanzaas war dies nicht möglich, denn dieses war beratungsresistent –und somit bin ich einigermaßen zufrieden mit meinen Schützlingen bzw. Quälgeistern. Allerdings ist mir vorige Woche ein wunderschöner Blumentopf in meinem Büro eingegangen. Erst konnte ich mir keinen rechten Reim draus machen, hatte ich ihn doch stets regelmäßig gegossen. Dann fiel mir ein, dass ja daneben ein Zahlschein für die Versicherung lag … ich glaube, es erübrigt sich jeglicher Kommentar. Es ist ja nichts schwer zu erraten, wer hier meinen Blumentopf auf dem Gewissen hat!

Mittlerweile habe ich bei der Sparkasse einen guten Halt gefunden und auch mein derzeitiger verdienst aus zwei Pharmafirmen ist nicht schlecht. Dennoch sind die Ausgaben immer noch höher als die Einnahmen und das macht mir Angst. Deshalb habe ich seit kurzem noch einen dritten Job angenommen, den ich aber gut mit den bisherigen verbinden kann. Es handelt sich um eine Tätigkeit in der Werbebranche.

Nun, ich will und werde nicht aufgeben!! Ich werde versuchen, erst mal über den Hund zu kommen und dann komme ich hoffentlich auch noch über den Schwanz. Also der Schwanz spielt bei mir eine große Rolle. (Bitte nicht lachen!!) Ein Schelm, der Böses dabei denkt!!! Er ist mein Ziel und es gilt, ihn zu erklimmen, zu hegen und zu pflegen, ihn zu achten und zu ehren in guten und in schlechten Zeiten – bis dass der Tod uns scheidet. Voilà!

Heute ist Sonntag und ich habe gut geschlafen. Meine Bande wohl auch. Bislang hat sich noch keiner gerührt und ich werde morgen versuchen, wieder mein Bestes zu tun, in Sachen Geldangelegenheiten. Draußen regnet es Bindfäden und ich hoffe, dass sich dies bald ändert, denn ich möchte noch walken gehen.

Plötzlich ein Schrei aus meinem Büro! Ich bin zusammengezuckt, so laut und schrill war dieser. Schweißgebadet erhob ich mich aus meinem Lieblingssessel und stützte in mein Arbeitszimmer. Was ich dort sah, war wie ein Faustschlag in mein Gesicht.

Da saß meine letzte Moorleiche, nämlich die noch ausstehende Februar-Miete, auf meinen Bürosessel und surfte unerlaubterweise im

Internet! Ich war sprachlos! Warum hatte sie nur so geschrien? Was war passiert?

Das war so: Sie landete auf der Homepage meines Vermieters und bekam dann einen Schock, vor Angst, dass sie ja noch nicht durchgewinkt werden kann, da nicht genug Geld auf meinem Konto ist. Nun schiebt sie Panik. Das war das erste Mal, dass ich eine von meinen Moorleichen bedauert habe und ich empfand richtig Mitleid für dieses arme Ding. Der Schock blieb und ich konnte sie kaum beruhigen, bis ich mir keinen anderen Rat mehr fand, als einen Doktor zu rufen, in der Hoffnung, dass dieser ihr helfen kann.

Ich suchte im Branchenverzeichnis nach einem erfahrenen Allgemeinmediziner und als ich auf Herrn Dr. Ringelschwanz gestoßen bin, rief ich gleich dort an und siehe da, der Doktor hatte gerade Sonntagsdienst und versprach in wenigen Minuten vorbeizukommen. Bis dahin nahm ich meinen kleinen Patienten in die Arme und versucht beruhigend auf ihn einzureden. Ich erzählte ihm von ganz vielen kleinen Rechnungen, die auch längere Zeit in der Warteschleife bleiben müssen, bevor sie endlich befördert werden können, und wie diese sich dann durch mentales Training ganz allmählich entspannt hatten. Mentales Training, auch

NLP genannt, ist eine lernbare Entspannungs-übung, auch als neurolinguistisches Programmieren bezeichnet. Dies wird in vielen Firmen praktiziert zum Coaching der Mitarbeiter.

Nun aber zurück zur Miet-Moorleiche.

Inzwischen war Dr. Ringelschwanz eingetroffen. Er machte einen sehr netten und sympathischen Eindruck. Ich führte ihn dann auch gleich in mein Büro, wo das arme „Mieterlein" völlig verängstigt in der Ecke saß. Dr. Ringelschwanz schaute sich die Moorleiche genau an und diagnostizierte eine Vermoderung im Anfangstadium, eine mitteschwere Depression mit Panikattacken und leichte Temperatur. Man muss also was tun! Dr. Ringelschwanz gab der Moorleiche erst einmal eine Beruhigungsspritze und verordnete ein Antidepressivum. Außerdem wird er Sorge dafür tragen, dass Mieterlein, so heißt die Moorleiche, eine angemessene Psychotherapie erhält und gegen den Modergeruch im Erststadium bekommt sie einen speziellen Puder, der in der Apotheke angefertigt werden muss. Also gleich am Montag los und alles in die Wege leiten. Dr. Ringelschwanz hat mir einen guten Therapeuten genannt, den ich dann gleich morgen anrufen werde. Bevor sich der Doktor dann von mir und Mieterlein verabschiedet hatte, sprachen der Arzt und ich noch ein paar Minuten miteinander und ich erzählte ihm von meiner Einstellung zu finanziellen Dingen.

So sagte ich zu ihm unter anderen auch meinen Leitsatz: „Kommste übern Hund, kommste übern Schwanz".

Da lachte der gute Mann und meinte „Ja, übern Hund zu kommen, wäre ja vielleicht noch machbar, aber wie bitteschön will eine Frau so mir nichts dir nichts über einen Schwanz gelangen, der sich vor List und Tücke windet wie ein Aal??"

„Sie können es ja mal drauf ankommen lassen, Herr Doktor!!!"

Wir lachten schallend!! Mittlerweile haben die Rogallis unser Lachen mitbekommen und stimmten fröhlich mit ein. Es sind genau genommen drei Rogallis, Rogalli 1, Rogalli 2 und Rogalli 3. Rogalli 1 hat sich vor Lachen so gekrümmt, dass er jetzt Bauchschmerzen bekommen hat. Nun, da habe ich ein gutes Hausmittelchen: Kamillentee!

Meine Güte, ich bin hier im Fulltimejob mit meinen Quälgeistern, die ganz verschieden im Charakter sind. Ich nehme jeden, so wie er ist, das ist ja auch bei uns Menschen so. Jeder ist anders und jeder hat seine eigene Persönlichkeit. Auch meine „Kinder" natürlich. Sie sind ein Stück von mir, auch wenn sie manchen Brassel machen und schrecklich nerven, manchmal bis zur Weißglut, so sind sie doch alle meine Schützlinge und bedürfen der Obhut und des Schutzes, ja auch der Liebe. Man meint es nicht, aber es ist so. Das Schicksal hat sie mir anvertraut und ich werde auch dafür sorgen, dass sie alle an den richtigen Adressat gelangen – hierzu fühle ich mich verpflichtet.

Gerade eben habe ich mit einer Freundin telefoniert und auf einmal hörte ich lautes Pfeifen und Singen aus meiner Handtasche. Ein Rogallichen! Und zwar der letzte der drei Mohikaner, die ich immer noch mit mir herumgetragen hatte. Die Kleinen sind am Freitag weggegangen, es fiel ihnen nicht schwer, sie freuten sich sogar, jetzt endlich an den schon wartenden Adressaten zu kommen. Das kleine Dickerchen pfiff noch lauter und ich versuchte, in das Pfeifen mit einzustimmen.

Der „Rogalli": Rogalli deshalb, weil mein Steuerberater so heißt und somit werden die anfallenden Rechnungen halt Rogallis genannt. Dies nur kurz zur Erklärung.

Mittlerweile pfiffen wir beide den Radetz-kymarsch und wie ich ja nun mal so bin, hatte ich sofort den entsprechenden Text parat: „Zwei Kumpels saßen A an A und pfiffen den Radetzkymarsch …

Rogallichen lachte sich kaputt und der Tag war mal wieder gerettet.

Nun denn …

Am Sonntag ist Sommerfest in Beuel!

Alle Banken, Rechnungen, Mahnungen, Vollstreckungsbescheide sowie Gerichtsvoll-zieher und Finanzbeamte sind handverlesen eingeladen. Handverlesen wohlgemerkt. Das Finanzamt spendiert Freibier für alle, die Pimmerzbank spendiert heiße Würstchen vom Grill und ich habe mich dafür entschieden, eine Tombola mit vielen schönen Preisen zu organisieren. Zwei Gerichtsvollzieher wollen eventuell einen Sketch vorführen und meine Forderung an die Hausbank hat sich sogar dazu bereit erklärt, einen Schleiertanz aufzu-führen.

Während ich ganz gemütlich auf meinem Bal-kon saß, schweifte mein Blick immer wieder zu meinem neuen „Lebensgefährten", dem Agapanthusstängel, den ich vorige Woche im

Pflanzenzentrum erstanden habe. Er hat sich prächtig entwickelt und steht kurz vor der Blüte. Er ist so schön anzuschauen. Der leichte angenehme Wind heute bei der Hitze lässt ihn hin- und herschaukeln und das scheint ihm gut zu gefallen.

Kaum hatte ich meine Brille gesucht, da sehe ich wie sich mein Überweisungsformular für die Barmer Ersatzkasse gerade mit der Rechnung für die Honda-Bank zu meinem Kleiderschrank schlichen. Was die da wohl im Schilde führen?

Ich ging ihnen leise hinterher und staunte nicht schlecht: Da sah ich doch wie Barmer und Honda sich an meinen schönsten Kleidern zu schaffen machten! Und ich weiß auch warum. Sie wollen schön sein für das kommende Sommerfest. Fräulein Honda hat sich bereits mein schönes Sommerensemble unter den Nagel gerissen und Barmer hat sich meine schickste Hose gekrallt. Frechheit! Denen werde ich es zeigen. Raus da, weg mit euch! Sie ließen sich gar nicht beeindrucken und wühlten weiter in meinem Schrank. Bis ich dann die Geduld verlor. Ich packte sie beide, nicht grob – das kann ich nicht – aber bestimmt am Kragen und komplimentierte sie aus dem Schlafzimmer, wo sich mein Kleiderschrank befindet. Barmer motzte und hatte sich noch vor lauter Aufregung in die Hosen gepinkelt. Es war Gott sei dank nicht die Meine!

Das Fest naht und alle sind natürlich furchtbar aufgeregt. Besonders die Mahnungen freuen sich und sind kaum noch zu halten. Sie haben bereits ein Stimmungslied einstudiert und sind fleißig am Üben. Sie habe sich einen besonderen Text einfallen lassen mit folgendem Wortlaut:

„Keinen Tropfen im Becher mehr
und der Beutel schlaff und leer,
heute wollen wir feiern,
hängt der Sack uns auch noch so schwer,
und die Kassen sind eh so leer,
wenn die Ständer auch beben,
lasst uns noch einen heben".

Inzwischen habe ich mir Gedanken gemacht, was ich so alles in die Tombola hineinlegen könnte. Gar nicht so einfach. Vielleicht als kleinere Preise zum Beispiel Ratgeberhandbücher: "Wie pflege ich die angeknacksten Seelen meiner Schuldner?" oder "Wie begegne ich meinen Schuldnern möglichst zurückhaltend und respektvoll?".

Oder last but not least: „Was kann ich tun, um dem Schuldner den nötigen Respekt zu zollen, wie dieser sich tapfer der Situation stellt?".

Ich habe mich entschlossen entsprechende Literatur noch rechtzeitig zu besorgen. Die höheren Preise, habe ich mir überlegt, sollen einmal Seminare sein, welche Schulungen anbieten, in denen man lernt, den Schuldner als ganzen Menschen zu sehen, seine Gemütsverfassung zu ergründen und schließlich auch lernt, strahlend lächelnd und ungezwungen auf den Schuldner zuzugehen, indem man zu ihn aufschaut und ihm mit Höflichkeit und vor allen mit Würde begegnet. Ganz wichtig in diesen Seminaren: DER SCHULDNER IST KÖNIG!!! Der Hauptgewinn wird dann eine Reise sein, und zwar nach Königstein ins Krematorium!!! Doll, nicht???

Ehrlich gesagt, mir graut vor diesem Sommerfest!

Ich habe nun die Vorbereitungen für das Sommerfest fast abgeschlossen und muss nur noch die restlichen Banker und Vollstreckungsbeamten einladen, unter anderem den hier ansässigen Gerichtsvollzieher. Ich hoffe, dass er kommt. Er ist sehr nett und versteht

sich so gut mit meinen derzeitigen Sorgenkindern, vor allem mit den Mietüberweisungen,
die sich nunmehr bei mir angesammelt haben.
Alle reden jetzt nur noch vom Sommerfest.
Die Überweisung an die ARD, eine ganz liebe
kleine Maus, piepste eben noch mit leiser
Stimme, sie freue sich so und darauf, dass sie
auch eventuell mal mit dem Überweisungsschein der Barmer zusammen tanzen darf. Sie
hofft, er fordere sie dann zum Tanzen auf. Oh
je, hoffentlich macht sie sich da keine falschen
Hoffnungen, denn ich kenne Barmer, der
nimmt es nicht so genau … Außerdem hat
Barmer ja bereits schon ein Auge auf Fräulein
Honda geworfen … Oh, dieser Schlingel!

Gestern war Himmelfahrt, ein für mich immer
noch christlicher Feiertag! Ich hatte an diesem
langen Wochenende entspannt und richtig
„abgehangen", wie man heute sagt. Die Mietüberweisungen haben sich mit autogenem
Training entspannt. Der Zahlschein von der
Barmer hatte sich auf meinem Korbsessel auf
meinem Balkon gerekelt, ganz zu meinem
Missfallen, denn da wollte ich heute sitzen
und den Balkon genießen. Das freche Stück
ließ gar nicht mit sich reden und tat so als höre
es mich gar nicht. Unglaublich. Dann hatte ich

wieder einmal mit großer Liebe und Zuwendung meinen Agapanthusstängel gegossen. Er ist ja so dankbar.

Morgen werde ich noch ein paar Besorgungen tätigen, denn der dicke Rogalli braucht noch ein paar bequeme Schuhe, damit er laufen und gegebenenfalls auch tanzen kann. In der *DM* habe ich für die kleine ARD-Überweisung ein sanft, zart riechendes Eau de Toilette gekauft, für die Mahnungen Deosprays und die anderen Forderungen haben ein neues Duschgel bekommen.

Gerade eben hatte ich mir ein Glas Milch eingeschenkt, da ruft die Überweisung an die GEZ ganz laut das schöne Wort, welches man ja nicht sagen darf, geschweige denn schreien darf, und das liebe Wort buchstabiert sich wie folgt: S C H E I S S E. Was ist denn da wieder los? Meine Güte, ist das eine Rasselbande, dauernd quakt einer. Ich bin sofort zur GEZ-Überweisung hin und sah sie auf meinem Esstisch liegen, schimpfend und kreischend. Sie hatte gerade ein Gspusi mit dem Zahlschein für die Sportfabrik und musste sich nun anhören, dass sie lediglich ein Flirt gewesen war. Wie gemein, immer wieder beschimpfte sie ihren „Flirt" und ich musste sie richtig trösten.

was ich sehr gerne tat, denn sie tat mir furchtbar leid. Ich sang ihr mitunter das Lied von Zarah Leander vor „Wer wird denn aus Liebe weinen ...". Sie schmiegte sich an mich und schlief dann in meinen Armen ein. Ich trug sie ins Wohnzimmer und bettete sie in meinen Sekretär, wo noch einige andere Quälgeister hausen. Ja, so ist das, einige lagern im Sekretär, andere schlummern in meiner Brieftasche in der Handtasche. Aber der Gestank hält sich doch sehr in Grenzen. Seitdem ich diese schreckliche Moorleiche von Finanzamt losgeworden bin, kann ich wieder durchatmen. Gut, die Mietüberweisungen müffeln schon, sie haben jetzt auch, wie ich heute morgen festgestellt hatte, Schweißfüße, gut, aber dagegen kann man ja etwas tun. Gleich morgen bekommen sie eine spezielle Fußsalbe mit einer Antischweißkomponente und Rosenduft.

Gerade hatte sich die Pimmerzbank gemeldet, um noch mal einige Eckdaten für das Sommerfest zu besprechen. Wir gingen noch mal alles durch. Ich hatte mich noch mit zwei Gerichtsvollziehern geeinigt, ein paar leckere und pikante Salate zuzubereiten. Wir dachten dabei u.a. an einen scharfen *Kukukssalat*. Das ist ein

Feldsalat mit äußerst scharfen Beigaben, wie zum Beispiel Peperoni.

Gestern rief die Gaunerbank noch an und hatte sich dazu bereit erklärt, einen goldenen Esel zu spenden. Was auch noch ganz toll gewesen ist, die Sparkasse, mit der ich ja ein gutes Verhältnis habe, wird am Sonntag Proben (!!!!!) aus einem Festwagen unter die Menschenmenge werfen. Das biste platt, würde der Berliner sagen. Ich hatte die Idee mit dem Festwagen à la Karneval, aber eben, wie gesagt, nur ein Wagen, den jetzt die Sparkasse sponsert. Na, wie finde ich denn das??

Der Sonntag war da und somit auch das lang ersehnte Sommerfest!

Mann, waren wir alle aufgeregt.

Ich war bereits schon um 7 Uhr wach und meine Zöglinge wurden der Reihe nach auch munter, einer nach dem anderen. Die ARD Überweisung gähnte laut und meine anderen Pappenheimer krochen erwartungsfreudig aus ihren Bettchen.

Beim Frühstuck gab es natürlich nur das eine Thema: Sommerfest

Einer meiner Gerichtsvollzieher hatte gestern noch angerufen, um zu fragen, wann er die beiden Salate bringen kann. Er und sein

Kollege haben den Kukukssalat mit scharfer Würze und einen Eurosalat mit knackigen Nüssen kreiert. Hoffentlich beißt sich da keiner die Zähne aus.

Die Zeit drängte nun und wir verließen um 11.00 Uhr das Haus, denn das Fest sollte ja pünktlich um 11.30 Uhr starten. Von weitem sahen wir schon den Chef der Gaunerbank – und mir blieb sofort der Atem stehen! Dieser Mann hatte wohl gedacht, wir hätten Karneval und erschien in einem recht umstrittenen Kostüm: er war splitterfasernackt, lediglich mit einem Suspensorium bekleidet! Ich möchte da weiter nicht ins Detail gehen, ich denke was ein Suspensorium ist, weiß jeder, oder zumindest fast jeder. Es handelt sich auf keinen Fall um eine trendy Hose, sondern dieses gute „Ding" hat die verantwortungsvolle Aufgabe die „Meisenknödel" des würdigen Trägers zusammenzuhalten und diese vor Fremdeinwirkung jeglicher Art zu schützen. Und dieser Gaunerbankbankchef zog den goldenen Esel hinter sich her. Ein Bild für die Götter! Dieser ließ sich auch noch schwer ziehen, denn es befanden sich ja mehrere hundert Euro darin. Uff!

Allmählich stellte sich der große Festwagen der Sparkasse auf: Zehn große Wagen, alle mit bunten Luftballons, langen großen Zeppelin-ballons geschmückt. Die Ballons hatten das Outfit einer großen Gummiwurst mit einem Art Schniedel vorne. Ganz sollten die Ballons nicht aufgeblasen werden, denn sonst erreichen sie eine Länge von 2,50 Meter und das ist zu viel. Die Sparkasse hat sich daraufhin dazu entschlossen, sie nur bis zu einem gewissen Limit aufzublasen und fand, dass diese dadurch noch viel lustiger und frecher aussehen.

In der Tat, das tun sie!

Bitte hier keine Vergleiche anstellen … ein Schelm, der böses dabei denkt!

So, der Startschuss ist gerade gefallen. Ich durfte ihn abgeben. Mit an meiner Seite befanden sich der Vorstand der Sparkasse und einer meiner Gerichtsvollzieher, der mir am Vorabend noch die Salate gebracht hatte.

Mehrere Blaskapellen waren natürlich auch dabei und auch der Tanz auf dem Beueler Rathausplatz wurde eröffnet.

Die ARD Überweisung, der ich zuvor noch ein schönes Kleidchen mit bunten Blümchen genäht hatte ließ den Überweisungsschein der Barmer nicht aus den Augen. Es kam, wie es kommen musste, sie musste mit ansehen, wie Barmer mit Fräulein Honda, welche in ein sexy Outfit geschlüpft war und zwar in einen

Tanga, wo hinten „Bunga-Bunga" draufstand, eng umschlungen tanzte.

Die ARD Überweisung war enttäuscht, aber sie musste gar nicht lange warten, da wurde sie schon von einem Mahnbescheid zum tanzen geholt. Die beiden schienen sich zu verstehen und ich war erleichtert, dass mein Töchterchen nun auch ihre Freude am Fest hatte.

Die Stunden vergingen, der Festwagen schmiss ordentlich Proben und auch der Goldesel von der Volksbank tat sein Gutes. Man bückte sich wo man konnte, man steckte sich nach allen Himmelsrichtungen, um soviel Geld wie möglich zu erhaschen. Einer meiner Gerichtsvollzieher versuchte auf allen Vieren einen 100-Euro-Schein aufzuheben, als dieser unter ein Rad einer der Festwagen geriet und dabei seine Hose aufgerissen wurde. Gottlob konnte der arme Mann sich retten, ihm war weiterhin auch nichts Schlimmes passiert - nur die Bux war völlig zerrissen und nicht mehr zu gebrauchen.

Was machte der gute Mann?

Er dachte sich: der Mensch kann noch so dämlich sein, er braucht sich nur zu helfen wissen (das hat meine geliebte Mutter, Verst. 13.5.10, auch immer gesagt).

Also, als ein Mann der Tat, nahm er einen der Ballons vom Wagen und hielt ihn sich vorne hin. Immerhin besser so, als in der Unterhose da zu stehen.

Aber meine Güte! Das wurde ja alles noch viel schlimmer als geahnt. Der Gerichtsvollzieher stand nun vor allen Leuten, in ziemlich hilfloser Pose, mit einem knallroten Zeppelinballon, welcher natürlich ohne Worte das so genannte „Phallussymbol" charakterisierte.

Was ist das nur für ein Sommerfest!!

Abends dann klang das Fest aus und alle waren betrunken. Nur ich nicht. Ich hatte nichts getrunken und war nur müde von dem ganzen Radau.

Alle hatten sich köstlich amüsiert, tranken wie die Weltmeister und ich blieb mit Kopfschmerzen zurück.

Zuhause dann, als ich bereits im Bett lag, hörte ich meine Bande noch lachen rülpsen und kichern.

Sei es drum.

Ich bin gespannt auf die Morgenausgabe der Tageszeitung! Meines Erachtens können sich so manche Festbesucher nicht mehr in der Öffentlichkeit blicken lassen.

Kann man noch zur Volksbank gehen? Oder erscheinen jetzt die Gerichtsvollzieher mit Latexlatten vom Feinsten?

Ich habe lange nicht mehr geschrieben, aber mittlerweile bin ich fast an Überpestilenz gestorben, so sehr hat sich die allgemeine Lage bei mir verschlechtert. Meine Rechnungen, auch Plagegeister genannt, haben mittlerweile hier das Ruder übernommen und mich voll im Griff. Ich darf gar nichts mehr. Sie haben mich völlig unterwandert und delegieren, kommandieren und meckern, wo es nur geht.

Nun steht Weihnachten vor der Tür und ein Teil meiner „lieben Kinder" hat mittlerweile schon den bunten Teller besetzt, den ich mir extra zur Adventszeit aufgestellt hatte. Da liegen sie drin, gähnen den ganzen Tag, faulenzen und lassen den lieben Gott einen frohen Mann sein. Unverschämtheit!

Vor einigen Tagen – abends – war der Gerichtsvollzieher bei mir. Na, ich kann euch sagen, das war sogar am Nikolaustag! Der schwarze Muff, so habe ich den ungebetenen Besucher insgeheim getauft, wollte die Bußgeldgebühr für einige Knöllchen abkassieren. Ich hatte den Burschen schon von meinem Fenster aus erspäht und dieser hatte mich auch bereits gesehen, als ich die Gardine zur Seite zog, um zu sehen, wer da so impertinent klingelte. Erst hatte ich nicht die Türe aufgemacht – man weiß ja nie – dann klopfte Hans Muff so laut und dreist an meine Haustüre – irgendeine Knalltüte muss den wohl ins Haus gelassen haben … Als ich ihm dann öffnete, konnte ich ihn dann aber beruhigen und wir machten einen Termin zur Zahlung aus.

Ja, hin und wieder kommt mal so ein „Schleicher", nun ich kann die ja auch verstehen, denn sie machen ja auch nur ihren Job. Aber warum kommen diese Kerle immer abends? Die gehen hier schon ein und aus, schrecklich. Man könnte ja annehmen, meine Wohnung sei ein Puff für Gerichtsvollzieher. Kaum war Hans Muff gegangen, da brüllte eine Rechnung ganz laut aus meinem Schreibtisch: „Ich will auch was vom Nikolaus!!"

Ne, denkste mein Süßer, das war nicht der Nikolaus, das war der Hans Muff mit seiner langen Rute! Ein Glück hat er diese nicht rausgelassen, ich glaube, dann gäbe es diesen Gerichtsvollzieher nicht mehr und auf einem der Bonner Friedhöfe wäre mal wieder ein Neuzugang zu verzeichnen.

Zurzeit tätige ich ja meine Arztbesuche ohne Auto. Das ist eine ganz neue Erfahrung für mich, jetzt mit Sack und Pack und dem Rucksack auf dem Buckel. Behangen mit Tüten und

Taschen quetsche ich mich in Busse und U-Bahnen, um meine Ärzte besuchen zu können. Es geht ganz gut. Mittlerweile kenne ich mich im Verkehrsnetz schon sehr gut aus und komme gut von A nach B.

In meiner Handtasche befinden sich ja immer irgendwelche Überweisungen, das kennen Sie ja nun schon, liebe Leser. Aber dass diese jetzt in derselben anfangen, laut zu kichern und zu lachen, das ist ja der Gipfel. Neulich ging ich schwanger mit einer Überweisung an die Krankenkasse und einer Überweisung für die Bonner Stadtwerke, sprich Strom und Wasser. Beiden spielten „Katz und Maus" mit mir, sie wollten immer wieder raus aus der Tasche pfiffen, kicherten wie die Kiddis und waren nicht zu stoppen. Sie waren dermaßen laut, dass sogar die Passanten sich umdrehten, nach dem Moto: Was läuft denn da ab? Aber nicht mit mir, ich habe sie einfach rausgenommen und sie in meinen Rucksack gesteckt, dann war Ruhe im Karton.

Heute Morgen bin ich nach Köln-Kalk gefahren, wie immer jetzt mit Bus und Bahn. Plötzlich bekam ich am Nachmittag einen solchen „Flotten", dass ich mit zusammengepressten

Pobacken in Windeseile durch den Kalker U-Bahnhof sauste, mit dem Ziel, schnell einen rettenden Ort zu erreichen, was mir dann auch gelang.

Gerade eben hat die Überweisung für meine Versicherung meinen Kühlschrank geplündert! Ich bin sprachlos! Ich wollte mir so in 10 Minuten etwas zu essen machen, nun ist nichts mehr da. Dieses Biest! Frecherweise hatte sie auch noch die Überweisung an das Finanzamt und drei andere Überweisungen für die Telekom zur fröhlichen Tafelrunde eingeladen. Mir knurrt der Magen. Hoffentlich ist morgen das Geld von der Firma da. So ist das. Die Quälgeister fressen mir die Haare vom Kopf. Und fühlen sich gut dabei. Sie lachen und scherzen, rülpsen und schmatzen, was das Zeug hält. Und ich kann hungern! Bande!!
Nun denn …
Morgen muss ich mit der Mahnung von der BMW-Bank dringend zum Arzt. Sie fault schon lange vor sich hin, stinkt erbarmungslos und brüllt den ganzen Tag. Furchtbar! Ich glaube, sie braucht dringend Hilfe.
Ich habe mir schon in der Apotheke *Oropax* besorgt, dass ich wenigstens nachts schlafen kann, denn das hält ja keiner aus. Ich werde

sie vielleicht sogar ins Krankenhaus bringen. Ich habe da gehört, dass es hier in Bonn eine gute Kinderklinik gibt, die sich auf Kreditmahnungen spezialisiert hat. Um dem Gestank beizukommen habe ich mich gründlich mit Gasmaske, Neoprenanzug und Dufttüchern ausgestattet.

Können Sie sich noch an meine Moorleiche „Finanzamt" erinnern? Die hier ist fast noch schlimmer, denn meine Wohnung war mal wieder voller Gestank und die Gasmaskenaktion war dieses Mal der Wahnsinn. Die Wohnung musste entseucht werden, der Gestank hatte sich schon bis zu meiner Kirchengemeinde ausgebreitet, wo sogar bereits das Weihwasser anfing zu faulen. Na, das war was!

Die ganze Kirche musste geräumt werden und es dauerte lange, bis alles wieder in Ordnung war. Und das alles wegen der Mahnung von der BMW-Bank, diesem Ungetüm!

Mittlerweile sind wir bereits im Juni 2012 und ich habe sehr lange eine Pause einlegen müssen – doch der Reihe nach …

Es geht mir nicht gut – psychisch. Ich will nicht mehr und ich kann auch nicht mehr. Ich glaube, dass ich über meinen Sorgen krank werde und professionelle Hilfe in Anspruch nehmen muss.

Ohne Auto meinen Beruf auszuüben geht fast gar nicht. Ich fahre mit dem Bus und dann noch wenn es sein muss, mit der U-Bahn zu meinen Ärzten. manchmal muss ich auch mit dem Zug wohin fahren. Es ist sehr anstrengend und für so eine „Alte" (60 Jahre) wie mich nicht gerade das Gelbe vom Ei. Ich habe schon erlebt, dass mir die Tüten für meine Hautärzte mitten auf der Straße oder im Bus geplatzt sind und mir der ganze Inhalt hinausgefallen ist. Dann hatte ich ja immer noch meine Sackkarre dabei, mit welcher ich die Dermatologentaschen befördern konnte, dabei. Dieses gute Stück hatte oftmals die Angewohnheit umzukippen oder gar auch anderen über die Füße zu fallen. Ein freches Stück! Nun aber ohne meine Karre geht ja nun mal gar nichts. In diesen Nöten habe ich aber auch gute und oftmals sehr schöne Erfahrungen mit Menschen machen können. Viele hatten mir geholfen, die Tüten wieder aufzuheben oder haben meine Sackkarre in den Bus bzw. Zug gehievt. Es hatten sich auch hin und wieder nette Gespräche mit dem ein oder anderen Fahrgast ergeben und dies freut einen natürlich und die Depressionen sind dann in so einem Moment einwenig vergessen.

Hin und wieder hatte ich mir einen Wagen geliehen, um wenigsten die weitesten Touren fahren zu können. Mit wenig Geld ist das aber gar nicht so einfach. Die meisten Autovermieter nehmen eine hohe Kaution und da ich finanziell dermaßen eingeschränkt bin, kam das natürlich für mich nicht in Frage. Ich fand dann über das Internet einen Autovermieter, der zivile Preise anbot und keine Schufa-Abfrage verlangte. Der sah zwar recht abenteuerlich aus, lange blonde Haare, ein komischer Typ halt, aber fair und zuverlässig. Nur er sagte wo es lang geht, um Punkt 9.00 Uhr musste das Fahrzeug wieder abgegeben werden und wehe, man kam eine Minute zu spät! Da konnte der schon mal schimpfen und meckern.

Nun, wenn man zum Beispiel bei Sixt oder Europcar einen Wagen mietet, da herrscht natürlich ein ganz anderer Umgangston. Hast Du aber wenig Geld und bist auf so einen etwas groben und holprigen Autovermieter angewiesen, musst Du Dir so manches gefallen lassen. Bist Du aber finanziell besser strukturiert, so kannst Du Dir die Leute aussuchen und wirst bestimmt nicht als Kunde schroff angemacht. Ja, so ist das. Man fällt mit wenig Geld in eine andere Klassenkategorie und damit muss man sich eben abfinden.

Mit dem Autovermieter bin ich last but not least gut ausgekommen, habe auch so manches Schwätzchen gehalten und dabei erfahren, dass er zusammen mit seinem Bruder seinen an Alzheimer erkrankten Vater pflegt. Scheint doch ein anständiger Kerl zu sein.

Ohne Auto ist scheiße!

Zum Einkaufen fehlt es mir auch, ich komme nirgendwo richtig hin und die Umstellung ist für mich beinhart. Gerade wo ich so gerne und auch gut (sagt man) Auto fahre. Gottlob fährt der Bus gegenüber von meiner Wohnung ab und ich kann all meine Besorgungen an sich problemlos erledigen. Nur mit dem Tragen ist es manchmal schwierig, aber irgendwie klappt das auch.

Der Januar war nach langer, langer Zeit mal wieder ein Highlight! Meine Familie, meine Freunde und ich haben meinen 60. Geburtstag in einem wunderbaren alten Restaurant aus dem 17. Jahrhundert gefeiert. Es war sooo schön!

Inzwischen haben sich natürlich auch meine Plagegeister wieder daneben benommen, wie sollte es auch anders sein?

Eine Überweisung an die Energieversorgung hatte mich unlängst in der Nacht an den Füßen gekitzelt und dabei so gekichert, dass ich sofort wach wurde und vor Schreck einen lauten Schrei von mir gab, als wollte man mich ermorden. Die Überweisung hatte mir noch zu allem Überfluss in den dicken Zeh gebissen und das nicht allzu zartfühlend. Aua, tat das weh! Ich war stocksauer und habe die Überweisung kräftig ausgeschimpft. Diese jedoch ließ sich davon gar nicht beeindrucken und zeigte mir dementsprechend auch noch den Stinkefinger. Pfui! Ich strafte sie mit nicht beachten und innerhalb von ein paar Stunden schliefen wir wieder ein und der nächste Morgen begrüßte uns mit einem frühlingshaften Lächeln und die Vögel taten ihr bestes mit einem wundervollen Konzert à la Mozart. Der

Ärger der Nacht war schnell vergessen, die Überweisung hat sich bei mir entschuldigt. Und gut ist. Ich bin ja kein Unmensch. Schließlich sind sie alle meine Kinder und Schutzbefohlenen und ich werde den Teufel tun, ihnen ihre kleinen Seelchen zu zerstören, indem ich sie mit Härte erziehe. Auch hier gilt, die Liebe geht vor allem.

Der März war wieder mit Depressionen behaftet.

Der Finanzstress wurde fast unerträglich, ständig Rechnungen, Mahnungen und immer die Angst, dass irgend so ein Gerichtsvollzieher kommt, um mir den Tag zu vermiesen. Ich hatte in der letzten Zeit viel gearbeitet, bin wie immer mit Sack und Pack innerhalb meines Arbeitsgebietes herum gehext, um so viel wie möglich an Arztbesuchen zu schaffen. Die Rechnung am Monatsende muss einfach stimmen und dafür tue ich was ich kann, auch wenn es mir oftmals zu viel wird.

Es gibt Tage, da habe ich nur ein paar Cent in der Tasche und es ist mir schon des Öfteren passiert, dass ich beim Bezahlen irgendwelcher Dinge dastand wie ein Ochs vorm Berg. Kein Geld, die Wut steigt und die innere Aggression auch. Das ist manchmal anstrengend und man muss sich sehr beherrschen, dass man nicht Opfer seiner Sorgen wird. Die Zuwendung meiner Familie und meiner Freunde, und nicht zuletzt der Glaube an Gott, helfen mir diese Lebenskrise, ja, es ist eine Lebenskrise, durchzustehen. Ich bete jeden Abend, dass der Herr mir die Kraft gibt, mit all dem fertig zu werden. Nicht, dass die Sorgen weggehen, darum bitte ich nicht. Sondern, dass ich die Kraft erhalte, mich damit auseinanderzusetzen und letztendlich stark werde, die Probleme anzugehen und diese dann auch zu überstehen.

Das Leben des Menschen ist geprägt von ständiger Auseinandersetzung, Versuchung und Kampf. Wir können nicht einfach so dahinleben, sondern wir müssen uns den Anforderungen und Anfechtungen des Lebens stellen. Es wird nie so sein, dass wir uns ausruhen können, denn die Versuchungen und Auseinandersetzungen werden uns unser Leben lang begleiten. Der Mensch bleibt stets im Kampf, während Gott Vater in sich ruht. Der Mensch ist ständig von schlechten Dingen angefochten, jedoch Gott ist bedingungslose Liebe. Wenn ich mich daran erinnere, fühle ich schon seinen Schutz und Geborgenheit. Der Glaube und meine Lieben, die mir nahe stehen, breiten einen weiten Mantel um mich aus, welcher mich wärmt und geborgen hält.

Ende April erreichte mich wieder eine Bombe und zwar war das diesmal keine Rechnung oder dergleichen, sondern ein Anruf meines Geschäftspartners, welcher mir auf perfide Art und Weise die Zusammenarbeit gekündigt hatte.

Warum?

Durch eine Kontopfändung bei mir wurde auch meine Firma, für die ich bis vor kurzem noch gearbeitet hatte, informiert, dass ich kaum noch Geld hatte und kurzer Hand wollte man mich nicht mehr haben und ein paar Tage später hatte ich die Kündigung.

Diese war ein Schlag ins Gesicht, armselig, ohne irgendwelche guten Wünsche, oder geschweige denn Bedauern, eiskalt und – ich muss es mal deutlich ausdrücken – dahingerotzt.

So, als hätte man mit vor die Füße geschissen! Erbärmlich.

Aber am schlimmsten ist ja der eigentliche Grund! Nur weil ich Geldsorgen habe und man mir das Konto gepfändet hat, nur weil so ein Gläubiger einen Anwalt damit beauftragt hatte, mein Konto, und demzufolge auch mein Honorar, pfänden zu lassen?

Der Gläubiger – das war übrigens mein ehemaliger Hausarzt und der meiner verstorbenen Mutter! Es erübrigt sich jeglicher Kommentar, und den Charakter dieses Mannes nur mit einer Silbe zu erwähnen.

Mistkerl!

Trotz dieser wirklich schlimmen Geschichte, ich brauchte auch einige Zeit diese zu verarbeiten, wurde ich durch positive Gedanken von oben, wovon ich überzeugt bin, in meiner inneren Einstellung dahingehend gelenkt, als dass die Kündigung eine Fügung ist. Eine Fügung deshalb, weil ich ohne Auto und mit dieser Schlepperei gar nicht hätte weiter für diese Firma arbeiten können. Das habe ich lange nicht eingesehen, ich hing an meinem Pharmareferentenjob und konnte mir auch ein Leben ohne Auto gar nicht mehr vorstellen. Ich hatte mich auch irgendwie verbohrt. 30 Jahre Pharma-Außendienst kann man auch nicht so wegstreichen und ich liebte meinen Beruf. Nun sollte alles vorbei sein?

Ich klammerte mich so sehr an diese Tätigkeit und an die Vorstellung, wieder in den Besitz einen Autos zu kommen, koste es was es wolle. Wie ich heute weiß, wäre dies auf meine Gesundheit gegangen …

Nun habe ich auch noch Asthma bekommen!

Eine Überweisung an die Telekom hat mich mit Bronchitis angesteckt! Jawohl! Sie wurde Mitte April krank und kurze Zeit später fing auch ich an zu husten. Die Dinge nahmen ihren Lauf, die Überweisung wurde wieder schnell gesund und ich bekam zu guter Letzt noch Asthma hinzu. Man fasst es nicht. Der Arzt sagte mir, dass dies auch von der Psyche kommt, und das wundert mich auch gar nicht, hatte ich doch schon so viel mitgemacht. Kein Wunder. Diese Überweisung, dieses freche Stück, hatte mich fast zur Strecke gebracht. Ich bin nun in engmaschiger ärztlicher Behandlung, und meine Telekomüberweisung strotzt vor Wonne und aalt sich bei dem schönen Frühlingswetter faul in der Sonne. Ich bin empört!

Ich habe jetzt bereits schon seit Mitte April Asthma. Es ging einher mit einer sehr schweren Bronchitis, Keuchhusten und einem Pleuraerguß (Wasseransammlung) in der rechten Lungenhälfte. Jetzt ist es besser, aber ich habe noch Husten und dabei macht sich mein Asthma bemerkbar. Gestern war ich beim Lungenfacharzt und werde nun von ihm zusammen mit meiner Hausärztin behandelt. Ich bin in den besten Händen und fühle mich von beiden sehr gut betreut. Das Asthma kann ein Leben lang bleiben, ist aber auch nicht gesagt.

Ich habe gute Medikamente.

Ich bin nun arbeitslos und zwar ab Mai 2012.

Die Arge ist zu meinem Lebensinhalt geworden. Aber der Anfang war schwer. Erstens musste ich mit meinem Pleuraerguß, samt Keuchhusten, so schnell wie möglich nach der Kündigung vorsprechen, damit das Geld pünktlich gezahlt werden kann, dann hatte ich noch diverse Behördengänge zu absolvieren und zu guter Letzt musste ich mich noch sehr schonen. Das war die Ochsentour. Ich fühlte mich hundeelend und musste dennoch agieren, Unterlagen fertigmachen, Telefonate führen und immer aufpassen, nichts falsch zu machen.

Hartz IV, na und?

Ich habe mir jetzt angewöhnt, statt Hartz IV einfach „Herz IV" zu sagen.

Klingt erstens mal besser und drückt meine positive Energie aus, welche ich, oh Wunder, nach diesen vielen Tiefschlägen noch nicht verloren habe.

Wie hatte mein mittlerweile verstorbener Onkel immer gesagt? „Kopf hoch, Schwanz geringelt." Wie das nun zu verstehen ist, das liegt im Auge des Betrachters, der Phantasie sind jedenfalls hier keine Grenzen gesetzt!

Heute erreichte mich eine Nuklearrakete, sie streifte meinen Allerwertesten und wäre um ein Haar in meinen Lieferantenein- bzw. -ausgang gedonnert. Im Klartext, fast wäre sie in meinen Arsch geflogen und hätte mich von hinten durch die Brust verseucht. Ein Glück konnte ich das Schlimmste noch rechtzeitig verhindern.

Es ging um Folgendes: Mein Vermieter hat mir mit Kündigung gedroht, wenn ich nicht innerhalb von 10 Tagen die restlichen Mietschulden bezahle (die Rakete streifte meinen Allerwertesten). Durch einen Anruf bei einer Stelle, welche günstige 2-Zimmerwohnungen im selben Haus vermietet, wurde mir mitgeteilt, dass tatsächlich in Kürze eine solche frei wird in meinem Haus. Ich könne sie nächste Woche besichtigen. So bräuchte ich eine Kündigung vonseiten des Vermieters nicht fürchten (die Rakete hat es sich noch mal überlegt und ist an meinem Hinterteil vorbeigeflogen).

Nun denn …

Heute regnet es Bindfäden. Ein paar Plagegeister wimmern in der Ecke, sie sind auch genervt von diesem schauerlichen Wetter und warten wie ich auf Sonnenschein und Wärme. Inzwischen hoffe ich, dass mein Agapanthus wieder einen neuen Stängel hervorbringt. Ich habe ihm mittlerweile acht Düngestäbchen angedeihen lassen, aber ich glaube, er ist ein kleiner Spätzünder, denn er will noch nicht so recht ... Die Zeit der Blüte fängt nämlich jetzt schon an und ich habe bereits viele andere dieser Spezies blühen gesehen. Nun gut, vielleicht klappt es ja im nächsten Sommer.

Inzwischen ist viel Zeit vergangen und meine Geldsituation hat sich noch nicht so wirklich gebessert. Allerdings bin ich nun ein Kind der Arge, die an sich gut für mich sorgt. Meine bislang vielen Bewerbungen sind immer noch unterwegs und es ist noch keine wieder zurückgekommen, positiv oder negativ geladen.

Mit einer Rechnung habe ich mich in letzter Zeit immer wieder gefetzt. Es handelt sich um die Installateurrechnung. Vor einiger Zeit war mein Thron bis oben hin verstopft und ich brauchte schnelle Hilfe. Diese kam dann auch und die Rechnung flatterte bald hinterher.

Nun liegt sie immer noch bei mir, ich konnte sie noch nicht bedienen – hm, von meinem knappen Arbeitslosengeld von 375 Euro.

Nun ruft sie ständig nach Bedienung und ich habe ihr bereits schon oft erklärt, dass sie sich noch etwas gedulden muss. Das sieht sie aber nicht ein und macht hier den größten Terror. Heute Morgen hatte sie sogar den Briefträger angepöbelt, der mir eine Sendung frei Haus brachte. So geht das nicht weiter, die muss so schnell es geht hier raus.

Kommste übern Hund, kommste übern Schwanz.

Ich glaube, dass ich schon wenigstens über Hund gekommen bin, nun wartet noch der Schwanz! Und dieser kann lang sein. Ich werde es schaffen!

Allen Menschen, die in einer ähnlichen Lage sind, möchte ich mit meinem Buch Mut zusprechen, aber auch den Humor mit einbringen, welcher in so einer schwierigen Lage eine große Hilfe sein kann.

Bevor ich die Wohnung, die mir die Arge empfohlen hatte betrat, überkam mich ein etwas komisches Gefühl und ich war erstmal konsterniert, so ein mieses Treppenhaus vorzufinden. Überall lagen diverse Gegenstände herum, vom Supermarkt-Einkaufswagen bis zum kaputten Handy, welches sich auf einem ausgeleierten Kondom aalte. Toller Eindruck, schon mal vorab!

Als mir dann der derzeitige Mieter die Tür geöffnet hatte, traute ich meinen Augen nicht. Es bot sich mir eine ekelerregende Situation, als dass der Mieter völlig verwahrlost, dreckig und abgerissen vor mir stand, mit einer kleinen Ratte auf der Schulter. Er hatte Zähne wie ein Ackergaul, den Gesichtsausdruck wie ein Knacki, ich nenne so etwas „Pokerface", und von der Kleidung ganz zu schweigen. Eine Hose, die überhaupt nicht saß, ein Hemd, welches ihm viel zu groß war und Schuhe wie Elbkähne. Wahrscheinlich hatte er so große Füße.

Er begrüßte mich freundlich und sogleich machte sich das kleine Vieh auf seiner Schulter bemerkbar, indem es mich keck musterte und dann noch anfing, mit mir zu schäkern!

Die Wohnung war einer Messie-Wohnung weit überlegen. Auf dem Fußboden lag allerlei Müll, aber auch Gemüse, Obst und andere diverse Nahrungsmittel. Die Küche war ein Alptraum und stellte das größte Brechmittel in dieser Chaoswohnung dar. Die Maden hatten sich diese zu eigen gemacht und bewohnten sie schon seit langem, fühlten sich dort wohl und zuhause. Wehe, da kam jemand anderes hinein. Hier gab es nämlich eine Hierarchie unter den kleinen Würmchen, man sollte es ja nicht glauben. Ich sage Ihnen, dass sind richtige kleine Tyrannen!

Als ich angewidert meinen Kopf in Richtung Küche drehte, gluckste eine ziemlich dicke Made in meine Richtung, taxierte mich auf unverschämte Art und Weise und grinste mich unentwegt an. Frechheit!

Wie ich vom Mieter erfahren hatte, handelte es sich um die Muttermade, welche hier in der Wohnung das Sagen hatte. Sie ist verheiratet mit dem noch dickeren Madenwurm, dem Papa. Die sogenannten Kinder, übrigens eine ziemlich taffe Bande, waren aus zahlreichen Eiern entstanden, welche in der letzten Zeit in jede Ecke der Küche gepfeffert wurden.

Das Wohnzimmer und das Schlafzimmer waren mit Müll ausgelegt, es stank aus allen Ritzen und auch das Badezimmer war frei zum Abschuss. Die Toilette war verstopft und die Badewanne glänzte, nicht wie Sie jetzt vielleicht denken, vor Putzmittel, sondern mit der Speckschwarte eines zuvor geduschten Hundes.

Ich konnte einfach nicht begreifen, was man als Arbeitslose, in meinem Fall Hartz-IV-Empfängerin, sich so alles bieten lassen muss. Kann man sich denn vorher nicht einmal die Wohnungen ansehen, bevor man diese an neue Mieter weiterempfiehlt?

Plötzlich hörte ich eine heftige Diskussion zwischen einer dicken, fetten Ratte und einer Made. Diese Ratte war mir noch vor zwei Minuten über die Füße gelaufen und hatte meine Achillesverse mit ihrem langen Schwanz gestreift. Beide befanden sich im Wohnzimmer. Ja, die Maden kriechen überall hin, wollen aber niemanden in der Küche haben – so sind sie, die Maden. Verteidigen ihr Territorium, lassen da keinen anderen rein, aber nehmen für sich selber sämtliche Rechte in Anspruch, egal was es kostet. Die Made wollte gerne weitere Eierchen in allen anderen Ritzen der Wohnung ablegen, da spielte die Ratte aber nicht mit. Soweit kommt es noch. Wo kommen wir denn dahin, wenn hier jeder einfach so mir nichts dir nichts seine Eier in die Ecken haut. „Oh, Mann! Hier werden weder Eier geschaukelt noch wird hier mit den Glocken geläutet, capito?" So die Ratte.

Der Mieter hatte das natürlich auch verstanden und verschwand kurz mal zur Toilette …

Mir wurde ganz heiß bei dieser Debatte und ehe ich mich versah, tuschelten zwei Läuse in meinem Haar, die müssen zu mir übergesprungen sein, denn ich habe keine Läuse. Also bitte! Ich hörte, wie die eine sagte, man könnte ja mal die grauen Haare auf Giselas Haupt zählen. Die andere lachte und meinte, ach nee, das ist zu mühsam. Dann haben sich beide entschieden, meinen Kopf wieder zu verlassen – danke schön – und den inzwischen von der Toilette gekommenen Mieter zu besuchen.

Ja, lieber Leser, wo könnten sie denn gelandet sein, wenn mal nicht auf dem Kopf?

Auf einmal vernahm ich eine Stimme, sie gehörte, wie mir der Mieter gestand, einer süßen, kleinen Filzlaus, welche sich so allein fühlte und sich nach Geselligkeit gesehnt hatte. Dieses niedliche Ding besiedelte den guten Mann schon lange und sie pfiff die beiden Läuse zu sich in des Mieters Corpus! Na, dann viel Spaß!

Nun denn …

Auf einmal verspürte ich ein ziemliches Jucken auf meinem Kopf und siehe da, die beiden Läuschen müssen wohl wieder zu mir zurückgekommen sein, wahrscheinlich haben sie sich mit der Filzlaus nicht vertragen. Die beiden Läuse unterhielten sich und die eine schlug der anderen vor, doch einmal einen Wiener Walzer, und zwar den Königswalzer, auf meinem haarigen Parkett zu tanzen. So geschah es dann auch und ich musste ein wenig schmunzeln, allzu komisch war das Ganze.

Als ich die Wohnung dann schließlich verlassen hatte, atmete ich erst mal tief Luft ein und bewegte mich via Stadtbahn, in Richtung Heimat.

My home is my castle! Hier bin ich zuhause und hier möchte ich an sich auch bleiben. Wenn da nicht die Bestimmungen von der Arge wären. Nun bin ich bereits sieben Monate arbeitslos und die Arge hatte mich schon mehrmals ersucht, eine billigere Wohnung nach den Maßstäben des Arbeitsamtes zu suchen. Das ist gar nicht so einfach, denn dabei darf die Kaltmiete, incl. Nebenkosten und Betriebskosten, nicht über 430 Euro liegen.

Diese Wohnungen jedoch haben sich als die letzten Bruchbuden herausgestellt, meistens in miesen Gegenden, wo man als Frau nicht gerne hinzieht. Das deprimiert mich. Hier habe ich meine Nachbarn, mit denen ich mich gut verstehe, meinen Kirchenchor, also meinen ganzen Beritt, und ich soll hier weg?

Mein Herz sagt: nur über meine Leiche, mein Verstand: aber es muss halt sein.

Regelmäßig studiere ich sämtliche Medien, besonders die Wohnungsangebote im Internet. Es ist schwer und ich finde hier alles mögliche, auch sehr schöne Wohnungen sind ausgeschrieben, aber viel zu teuer. Eine „Hundehütte", schon als Sozialwohnung ausgewiesen, liegt bereits über dem Soll, nämlich die zu Grunde gelegten 430 Euro.

Finde ich dann einmal eine adäquate Behausung, die im Rahmen liegt, heißt es meistens: „Wir nehmen keine Arbeitslosen". Als ob wir beißen würden, oder eine ansteckende Krankheit hätten.

Leute mit solch einer Einstellung zeigen mir einfach nur ihren Kleingeist und ihre Borniertheit. Vor Gott sind wir alle gleich, und bei ihm geht es nicht um Geld, Macht und Besitz. Sondern um ganz andere Dinge, welche da sind: Nächstenliebe, Barmherzigkeit und Bescheidenheit. Schon in der Bibel steht: „Wer sich selbst erhöht, der soll erniedrigt werden".

Ich lese jeden Tag in der Bibel und ziehe mir von dort die Kraft, die ich brauche, um mit Hartz IV einigermaßen klarzukommen. Einerseits stößt man auf Vorurteile, andererseits aber auch auf ganz tolle und hilfsbereite Menschen.

Diese zeigen sich gerade auch dann, wenn man denkt, man kann nicht mehr. Wenn ich beispielsweise von der Bank komme und ich sehe, dass noch kein Geld von der Arge da ist, überfällt mich eine Depression; ich fühle mich dann ganz mies. Mein Gang wird dabei langsam und ich gehe gebeugt, wie ein altes Klageweib.

Allmählich braucht man ja auch mal was Neues zum Anziehen, oder warme Schuhe, wie z.B. Stiefel für den kommenden Winter. Ich stehe viel an Bushaltestellen und oftmals warte ich recht lange auf die Busse.

Ich denke viel an die Obdachlosen. Mir tun die alle so leid und wenn ich Geld hätte, würde ich eine entsprechende Stiftung gründen, um diesen armen Menschen zu helfen.

Es müsste an jeder Arge angegliedert Restaurants, nur für Hartz-IV-Empfänger, geben. Dort könne man Gerichte anbieten, z.B. für 0,70 Euro, eine Art Menü. Natürlich auch mit Getränken, aber alkoholfrei.

Wenn man kein Geld hat, ist man nicht gut dran – ohne Moos, nichts los – dieser Spruch ist Tatsache. Mal fehlt das Klopapier, dann wiederum braucht man was für die Körperpflege, um nicht als Stinktier herumlaufen zu müssen. Manchmal ist es wirklich schrecklich! Kein Kino, kein Konzert, alles zu teuer. Ich beschränke mich nur noch auf das Wesentliche, indem ich lediglich das Nötigste kaufe. Wenn ich so deprimiert bin, ist die Welt grau in grau. Dann denke ich an frühere Zeiten, in denen es mir sehr gut ging und ich gut verdient habe.

Gegen meine Depressionen nehme ich ein gutes Medikament ein, welches mir hilft. Es gibt Tage, das macht mir sogar das Furzen keinen Spaß und das will was heißen. Denn das mache an sich sehr gerne und zwar am besten in dunklen Basstönen, mit viel Chorverstand. Wenn mir dann wieder einmal so einer entwischt, lache ich mich fast tot; bin ich aber depressiv, nützt der beste Furz auch nichts mehr.

Manchmal fehlte mir sogar auch ein Bissen zu essen. Man glaubt es nicht. Ich habe solch ein Leben bisher nicht gekannt. Meine Eltern, beide verstorben, waren sehr gut situiert, mein Vater war Jurist in einem Ministerium und meine Mutter brauchte nie zu arbeiten. Mein Vater hat sehr gut verdient, war viel auf Dienstreisen im Ausland und er wurde sogar in den 1960er Jahren in die Französische Schweiz, nach Genf, versetzt, wo wir dann alle, meine Eltern, mein Bruder und ich, für fünf Jahre gelebt hatten. Anschließend zogen wir wieder nach Deutschland zurück.

Nein, so ein spärliches Dasein wie heute kannte ich weiß Gott noch nie.

Es kommen aber auch wieder Tage, da geht es mir gut und ich mache dann auch Pläne. Bei allem Miesen und Unerfreulichem umhüllt mich ein warmer Mantel der Geborgenheit, vonseiten meiner Familie und meinen Freunden. Gott sei Dank.

Ich weiß, Gott hat auch meinen Namen fest in seine Hand geschrieben und ist auch für mich in Golgata am Kreuz gestorben. Man muss sich nun mit der Situation abfinden, es bleibt mir ja auch nichts anderes übrig.

Mittlerweile bin ich auch zu ganz neuen Erkenntnissen gekommen.

Als man mir im vorigen Jahr das Auto wegnahm, wollte ich dies gar nicht wahrhaben. Und darum hatte ich krampfhaft versucht, wieder an eines zu gelangen, koste es was es wolle. Ich mietete mir öfters einen Leihwagen, obwohl ich eigentlich wusste, dass dies nicht viel bringen würde.

Ich hatte die Situation nicht erkannt, oder besser gesagt nicht erkennen wollen, zu jenem Zeitpunkt.

Ich tätigte dann meine Arztbesuche ohne Auto, mit Bus und Bahn, nur um Geld zu verdienen, wenn auch wenig. Ich war noch nicht arbeitslos, sondern selbstständig und hatte auch noch bei der Pharmafirma gearbeitet, welche sowieso viel zu wenig zahlte.

Das alles wollte ich nicht sehen und begreifen, so sehr hing ich an meinem Beruf als Pharmaberaterin. Heute weiß ich, dass ich schon viel früher damit aufhören hätte müssen, denn ich hätte diese harte Arbeit ohne Auto nicht lange geschafft.

Ich bin Gott dankbar, dass er mir die Augen geöffnet hatte und ich glaube auch, dass letztlich die Kündigung vonseiten der Firma wegen dem Gerichtsvollzieher seinen Sinn gehabt hat.

Nun denn …

Übrigens meine Pantoffeln, die ich vor einiger Zeit bei Aldi für 6 Euro gekauft hatte, sind schon wieder ausgelatscht. Man kann sie zwar noch tragen, aber das Futter hängt bereits raus und das sieht so dermaßen erbärmlich aus, dass ich schreien könnte.

Gestern entdeckte ich eine dicke Spinne in der Badewanne. Diese sah mich drohend an und ich erschrak zunächst. Dieses Mistvieh! Ich versuchte, sie mit einem Glas zu fangen, aber denkste Puppe, ich habe sie nicht gekriegt. Das Biest ist mir entkommen und huschte – mir nichts dir nichts – in mein Schlafzimmer, wo ich gerade mein Bett aufgedeckt hatte. Schwups, war sie drin!

Diese Nacht gehört mir nicht alleine …

Als ich dann abends ins Bett ging und noch einen neuen Brief von der Arge durchgelesen hatte, krabbelte mein neuer „Liebhaber" seelenruhig über meinen weichen und großen „Balkon" und kroch von dort auf den Brief von der Arge, den ich in meiner Hand gehalten hatte. Das saß sie nun, genau auf dem Wort „unangemessen", welches hier im Zusammenhang mit meiner derzeitigen Wohnungsgröße gemeint war.

Es trifft aber auch in einer anderen Beziehung zu – dass die Spinne auf meinem Busen hockt, ist ja wohl auch ziemlich unangemessen!!

Vorige Woche hatte es so stark geregnet, dass mir das Wasser in die Schuhe gelaufen ist. In beiden sind jeweils vorne Löcher und darum habe ich sie am Abend noch entsorgt. Sie zum Schuster zu bringen wäre Unsinn, denn da wäre die Reparatur ja noch teurer als ein paar neue Schuhe. Ja, so geht das.

„Biste auf Hartz IV, bist ein armes Tier".

Das ist nun einmal so

Liebe Leser, wie glauben Sie, kann jemand, der nur noch 30 Cent Vermögen besitzt, eine oder auch zwei Wochen über die Runden kommen?

Wie ich schon im ersten Teil dieses Buches erzählt hatte, gibt es da den schönen Slogan „Kommste übern Hund, kommst übern Schwanz".

Hierbei ist der Hund vielleicht nicht so das Problem, aber der Schwanz!!

Schwänze können ziemlich eigen sein, entweder sie sind zu kurz, zu lang oder einfach nur stur wie tausend Rinder. Schwanz ist nicht gleich Schwanz. Jeder Schwanz ist anders und individuell. Manche erheben sich freiwillig, andere wiederum hängen da wie ein Affe auf dem Schleifstein. Mad World!

Das Geheimnis, wie man zwei Wochen lang mit 30 Cent auskommt, verrate ich Ihnen, liebe Leser, sehr gerne.

Zunächst einmal kommt es darauf an, Gelassenheit an den Tag zu legen. Ich weiß, das ist leichter gesagt als getan, aber es kann gelingen.

Demnach lautet mein Rezept: Eine Handvoll Humor, drei Esslöffel Mut, eine Prise Cleverness und last but not least, als Grundsubstanz in Form eines Kilos, Gottvertrauen. Regelmäßiges Beten rundet mein Rezept ab.

Mir ist es so ergangen, dass mir gerade in solchen Momenten spontan geholfen wurde.

Nun denn …

Heute habe ich wieder nach arge-tauglichen Wohnungen gesucht, bin aber leider nicht fündig geworden. Das wird sich bestimmt auch noch eine ganze Weile hinziehen, fürchte ich.

Als ich hier vor 30 Jahren eingezogen bin, dachte ich, dies könnte für immer sein und hatte noch in meinem Freundeskreis gescherzt, wenn ich einmal ausziehen muss, dann mit den Füßen zuerst.

Es soll wohl doch anders kommen. Mittlerweile ist meine derzeitige Wohnung auch ziemlich verwohnt, das sieht man insbesondere im Badezimmer und in der Küche. Im Bad lachen mich manchmal die grauen Heizrohre an, nach dem Motto: „Wir sind doch schön, was dagegen"?

Mein Chefsessel, damit ist die Toilette gemeint, ist zwar auch nicht mehr der jüngste und die Rohre sind bereits im Rentenalter – oh, ich komme ja auch bald dahin – aber das ist o.k.

So ist das eben in einem 40 Jahre alten Haus. Meine Nachbarn sind nett und die Lage meiner Wohnung ist genial, zentral und in wenigen Schritten ist man am Rhein.

Seit gestern habe ich plötzlich einige Pickelchen auf meinem Allerwertesten! Das ist ein Ding, was? Die habe ich mir doch wohl nicht etwa in dieser scheußlichen Wohnung mit den Maden eingefangen? Dort bin ich doch gar nicht zur Toilette gegangen. Hm, seltsam.

Da hörte ich auf einmal ein leises Fiepen und es stellte sich heraus, dass sich tatsächlich eine kleine Laus auf meinem strammen Gebirge eine Bleibe gesucht hatte. Diese hatte mir also die kleinen Pickel beschert und ich bin froh, jetzt den Verursacher gefunden zu haben. Sie kam doch tatsächlich aus dieser Horrorwohnung und klebt seitdem wie Pattex auf meinem Hintern. Dieses Schlingelchen! Na, warte, ich kriege dich ...

Nun habe ich also eine Laus im Pelz und bin jetzt nicht mehr allein. Von nun an heißt es nicht mehr „ich", sondern „wir".

Also, heute waren wir in der Rheinaue spazieren und haben das schöne Novemberwetter genossen. Wir saßen auf einer Bank und philosophierten über Gott und die Welt.

Jetzt fragen Sie sich, liebe Leser, wie das nur möglich sein kann, dass ich mich mit der Laus auf meinen Po so mir nichts dir nichts auf eine Bank setzen konnte. Ja, das ist so, mein kleiner Mitbewohner ist nicht doof und ist dann ganz vorsichtig auf meinen Bauch gekrochen.

Irgendwie habe ich das kleine Ding lieb gewonnen und will es gar nicht mehr hergeben, ja, so kann es gehen. Wir haben uns schon so richtig aneinander gewöhnt und ich möchte meinen kleinen Freund nicht mehr missen Ich habe ihm ein gemütliches Plätzchen in einer meiner dicksten Pofalte eingeräumt und das ist jetzt sein Reich. Die Pickel sind mittlerweile verheilt und gut ist.

Nun denn ...

Mittlerweile habe ich einen 360-Euro-Job gefunden, der mir sehr viel Freude bereitet und mich gut ausfüllt.

Inzwischen bin ich auch meine Laus losgeworden, die schon an mir hing wie eine Klette. Wir hatten uns zwar aneinander gewöhnt und ich hatte sie auch lieb gewonnen, doch eines Tages sagte sie mir Adieu und sprang dann auf meine Nachbarin aus dem 5. Stock über, die ich im Aufzug traf. Und wenn sie nicht gestorben ist, dann lebt sie noch heute.

Ob sie in ihrem neuen Zuhause auch so ein schönes, weiches und kuscheliges Plätzchen bekommen hat? Ich wünsche es ihr.

Nun zu meiner neuen Tätigkeit:

Ich betreue dreimal in der Woche Schüler bei den Hausaufgaben. Mittlerweile nenne ich sie bereits „meine Schüler", denn sie sind mir jetzt schon so ans Herz gewachsen, dass ich gar nicht mehr anders kann. Dienstag habe ich die 13-Jährigen, Donnerstag und Freitag dann die 10-Jährigen.

Wenn ich mir die Kinder anschaue, besonders die Kleinen, und ihnen in die Augen sehe, dann erkenne ich darin Gottes unendliche Liebe und seine Güte.

Ich habe einen zehnjährigen kleinen Türkenjungen, der ist sooo niedlich. Er hat ganz große, braune Augen, ist ein kleiner Schlawiner und ständig verschwitzt. Ich habe das Kind in mein Herz geschlossen und immer, wenn er zu mir kommt – und er kommt oft, um mich etwas zu fragen – sehe ich seine schönen Augen und ich erkenne darin Gott Vater.

Bei den Babys ist das ganz deutlich zu sehen. Liebe Leser, schauen Sie mal einem Baby in die Augen, Sie werden glücklich, auch wenn Sie es gar nicht wollen.

Mein kleiner Türkenjunge und die anderen Kinder der 5. Klasse sind liebe Kinder, aber laut und sehr lebhaft. Aber es wären keine gesunden Kinder, wenn dies nicht so wäre.

Die „Großen" sind da schon ein wenig frecher und lassen sich nicht mehr so leicht delegieren. In dieser Klasse sind viele Kinder aus sozial schwachen Familien und nicht wenige davon haben einen Migrationshintergrund. Aber diese Klasse, auch „die Wilden" genannt, lässt sich an sich gut führen.

Neulich hatte sich eine Wespe in der Klasse verirrt. Na, da war was los! Alle rannten durch die Klasse und waren voller Angst und Schrecken. Ich konnte die Kinder kaum beruhigen.

Auf einmal flog die Wespe in Richtung Tafel, machte dann einen scharfen Bogen in Richtung Fensterfront, bis sie dann letztendlich mit einem Sturzflug in meinen Ausschnitt gelandet war. Meine innere Stimme warnte mich „bloß nicht bewegen und gar verjagen". Das freche Stück blieb doch glatt einige Sekunden dort sitzen und glotzte grinsend in die Runde.

Schließlich entwich einem der Schüler eine so laute Blähung, dass die Wespe vor lauter Schreck das Zeitliche segnete.

Nun war endlich Ruhe im Karton!

Mit „meinen Schülern" kann man viel erleben.

Neulich entdeckten die Kleinen einen Drachenflieger am Himmel und waren vor Neugier kaum zu bändigen. Der Drachenflieger war lediglich mit einer Krachledernen, sprich Lederhose, bekleidet und immerhin auf die Entfernung gut zu erkennen.

Gestern war ein schöner und ruhiger Tag. Meine Schüler haben fleißig gearbeitet und ich bin zufrieden wieder nach Hause gefahren.

Im Briefkasten fand ich dann einen lieben Brief von meiner Freundin aus den USA.

Dieser Abend klang gut aus und ich bin dann mit meinem Buch gut gelaunt ins Bett gegangen.

Der nächste Morgen brachte viel Sonnenschein und ich freute mich über das schöne Herbstwetter jetzt im November.

Meine Busfahrt zur Arbeitstelle ist eine reine Freude. Ich fahre über Land, an Pferdekoppeln vorbei und bewundere immer wieder die bunten Blätter an den Bäumen, die hier immer noch dran sind. Schöne Fachwerkhäuser und Bauernhöfe zieren die Gegend und der hohe Waldbestand lässt einen an ausgiebige und lange Spaziergänge denken.

Besonders wenn ich am Spätnachmittag nach Hause fahre, zeigt sich diese herrliche Gegend von einer mystischen Seite, z.B. wenn die vorabendlichen Nebelschwaden langsam übers Land ziehen.

Mitunter komme ich auch an einer Kürbisfarm vorbei und ich kann mir manchmal mein Lachen nicht verkneifen, wenn ich diese lustigen Kürbisse mit ihren außergewöhnlichen Formen sehe. Manche davon haben einen runden „Leib" und daran gliedert sich dann ein langer, meist geringelter Fortsatz, welchen Spitzbuben vielleicht als Ringelschwänzchen bezeichnen mögen. Na ja, ich finde, dass diese außerordentlichen Gebilde schon sehr polarisieren und ich habe in meinem Innersten diesen niedlichen „Kandidaten" bereits Namen gegeben. Am spektakulärsten ist einer davon, der ist lang gezogen und hat einen Fortsatz ziemlich kess zur Seite hin. Diesen habe ich zum Beispiel Manuel getauft. Der ist auch weitaus der frechste und der schönste zugleich aus der ganzen Kürbisliga und ich freue mich immer, wenn ich ihn zweimal am Tag sehe.

Heute war ich auf der Bank und danach noch kurz im Supermarkt einkaufen.

Da das Geld von meiner Ziehmutter, der Arge, noch nicht da war, konnte ich mich nur auf einige wenige Sachen beschränken.

Das Geld, welches ich noch hatte, reichte gerade mal für 2 Liter Milch, Müsli und (man gönnt sich ja sonst nichts) für eine kleine Tüte Marzipankartoffeln. Die wären an sich nicht nötig gewesen, aber die Seele muss von Zeit zu Zeit auch mal gepflegt werden und im Moment habe ich einen regelrechten Gusto auf Marzipan.

Eben habe ich beim Bücken festgestellt, dass meine Strumpfhose mit einer riesigen Flohleiter gekürt ist. Na, die halten natürlich nicht lange diese Strümpfe, dafür sind sie aber günstig. Ich kaufe mit Verstand und das heißt, auch mal nach unten gucken, wo die billigeren Produkte stehen.

Meine Empfehlung für Hartz-IV-Empfänger:

DURCHHALTEN!

FREUNDE, LASST EUCH NICHT UNTER-KRIEGEN!

Bald ist Weihnachten! Was wird uns beschert werden?

Meine Gedanken kreisen nicht nur um mich. Ich denke auch viel an die Menschen, denen es sehr viel schlechter geht als mir.

Zum Beispiel der Krieg im Nahen Osten, oder die Geißel der Menschheit, der Krebs. Der Tag, an dem mal eine Impfung oder ein Medikament gegen diese Krankheit erfunden wird, wird ein Festtag sein.

Die Erinnerung an meine geliebte Mutter, die den Kampf gegen diese schlimme Krankheit verloren hat vor 2,5 Jahren, schmerzt noch sehr und bleibt unvergessen.

Was uns nicht umhaut, macht uns stark.

„An neuen Ufern lockt ein neuer Tag."
Diese tröstenden Worte hatte mein Vater mir
als junges Mädchen mal gesagt, hinsichtlich
Veränderungen, sei es beruflich oder auch
privat Er wollte mir damit Mut machen, dass
es immer wieder weitergeht im Leben.

Meine Mutter hatte mir den Spruch dann
auf Stoff gestickt und der schöne Satz hängt
bereits eingerahmt seit Jahren in meinem Büro
an der Wand.

Ich habe ihn in der letzten Zeit mehrmals
wieder gelesen und hoffe, dass ich ihn auch
nie vergessen werde.

Ebenso möchte ich allen Armen und Arbeitslosen damit auch Mut machen, nicht auf-
zugeben und nach vorne zu schauen.

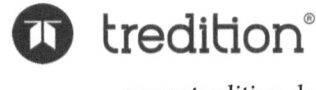

www.tredition.de

Über tredition

Der tredition Verlag wurde 2006 in Hamburg gegründet. Seitdem hat tredition Hunderte von Büchern veröffentlicht. Autoren können in wenigen leichten Schritten print-Books, e-Books und audio-Books publizieren. Der Verlag hat das Ziel, die beste und fairste Veröffentlichungsmöglichkeit für Autoren zu bieten.

tredition wurde mit der Erkenntnis gegründet, dass nur etwa jedes 200. bei Verlagen eingereichte Manuskript veröffentlicht wird. Dabei hat jedes Buch seinen Markt, also seine Leser. tredition sorgt dafür, dass für jedes Buch die Leserschaft auch erreicht wird

Autoren können das einzigartige Literatur-Netzwerk von tredition nutzen. Hier bieten zahlreiche Literatur-Partner (das sind Lektoren, Übersetzer, Hörbuchsprecher und Illustratoren) ihre Dienstleistung an, um Manuskripte zu verbessern oder die Vielfalt zu erhöhen. Autoren vereinbaren unabhängig von tredition mit Literatur-Partnern die Konditionen ihrer Zusammenarbeit und können gemeinsam am Erfolg des Buches partizipieren.

Das gesamte Verlagsprogramm von tredition ist bei allen stationären Buchhandlungen und Online-Buchhändlern wie z. B. Amazon erhältlich. e-Books stehen bei den führenden Online-Portalen (z. B. iBookstore von Apple) zum Verkauf.

Seit 2009 bietet tredition sein Verlagskonzept auch als sogenanntes "White-Label" an. Das bedeutet, dass andere Personen oder Institutionen risikofrei und unkompliziert selbst zum Herausgeber von Büchern und Buchreihen unter eigener Marke werden können.

Mittlerweile zählen zahlreiche renommierte Unternehmen, Zeitschriften-, Zeitungs- und Buchverlage, Universitäten, Forschungseinrichtungen, Unternehmensberatungen zu den Kunden von tredition. Unter www.tredition-corporate.de bietet tredition vielfältige weitere Verlagsleistungen speziell für Geschäftskunden an.

tredition wurde mit mehreren Innovationspreisen ausgezeichnet, u. a. Webfuture Award und Innovationspreis der Buch-Digitale.

tredition ist Mitglied im Börsenverein des Deutschen Buchhandels.